完全经典
教案

ZHIMIANSECAI
直面色彩

朱昱东 杨超凡 主编　吉林美术出版社 | 全国百佳图书出版单位

序

　　这套书是从一万多张作品里精选出一百余幅精品，里面有老师的示范作品，也有考进中央美术学院、中国美术学院、清华大学美术学院的优秀学生作品，这些作品各有优点，是一本适合于立志考进美院考生的临摹作业和参考标准，希望这套书能带给你成功。

完全经典教案·直面色彩

目录 *CONTENS*

第三章　学会考试

156

第一章　学会理解色彩

　　水粉画是用水调和含胶的粉质颜料绘成的色彩画。它以色彩艳丽、明亮、柔润、浑厚为特点，具有较强的覆盖力，且易涂易改。它既可以吸取水彩画的薄画技法，也可以像油画那样浑厚扎实地深入刻画。水粉画作为一个很受欢迎的独立画种，它也有着自己的使用工具和材料，同时也有自身的表现技法。

　　水粉画工具简单，制作方便。因为水粉颜料纯度高，遮盖力强，便于修改，所以水粉画的应用范围非常广，它可以用于广告画、连环画、建筑画和工艺美术设计等。作为一个初学色彩的学生来讲，学习水粉画是一种必要的训练手段，也是初学者报考美术院校的必考项目。

一、工具与材料

纸及画板：

水粉纸及水彩纸为主，各种纸的效果不一样，应据所需效果来选用不同的纸张，厚的纸比较有利于作画。

画板不宜太大，市场上小号的画板就足够使用。

笔：

以水粉笔为主，油画笔、水彩笔、毛笔、底纹笔为辅。

水粉笔：适合各种画法。

水彩笔：适用于湿画法。

油画笔：适用于厚画法。

底纹笔：适用于大面积涂色。

毛笔：适用于湿画及表现细致的地方。

颜料：

水粉颜料有瓶装和铅管装，都可使用，这里介绍一些常用的颜料供大家参考。

白、柠檬黄、浅黄、中黄、土黄、橘黄、橘红、朱红、大红、紫红、深红、赭石、熟褐、紫罗兰、粉绿、翠绿、深绿、橄榄绿、湖蓝、银蓝、群青、普蓝、黑、灰。其中白色要多准备一些。

调色盒：

调色盒是用来储存颜料用的，是户内外写生时必备的工具，格子越多、越深的调色盒越好。

二、色彩的分类

原色：即红、黄、蓝三原色。三原色是最基本的颜色，用它们可调出千万种颜色。三原色在自然界中较为少见，较多使用于设计色彩。

间色：即橙、绿、紫三种标准间色：红+黄=橙、黄+蓝=绿、蓝+红=紫。等量的两原色混合成标准的三种间色；不等量的两种原色混合成许多的间色。三原色与三间色的混合是一种近似黑色的深浊色。

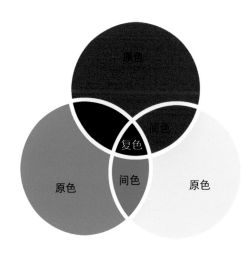

复色：是由两个间色或三个原色混合而成的。若把色环中的任何两个以上的复色相调，又将产生无数复杂的复色。复色在自然界中常见，较多使用于绘画色彩。复色除白色外不便与四种颜色以上颜色混合，否则容易混合成深浊色，显得脏。在绘画时，尤其要注意水桶里的水、笔、吸水布的清洁度，稍有忽略容易造成多次复色。

对比色：色环上距离120度以上的色为对比色，它们具有相互对抗排斥、相互衬托的色彩效果，使各自的特点鲜明强烈。其中最强烈的三对对比色是：红对绿、黄对紫、蓝对橙，是一种原色与另两种原色混合色的对比。

互补色：两个互补的颜色混合会形成一种中性的灰色，但并排时却会呈现出强烈的对比。两种原色混合时，可得到第三种原色的互补色。红色的补色是绿色，黄色的补色是紫色，蓝色的补色是橙色。

同类色：指同一颜色的深浅变化。同一种颜色加白（加水）或加黑，由于加入量的不等，会产生深浅不同的各种颜色，如：深红、红、浅红等。

类似色：指色相比较接近的各种颜色，如光谱上相邻的各种颜色（距离120度内颜色），如：紫红、红、朱红等。

无彩色：黑、白、中性灰、金、银五色无彩色。

三、色彩三要素

色相、色性、色度合称为色彩三要素。

色相：指色彩互相之间的相貌，如红色、黄色等颜色。

色性：指色彩的冷暖属性。在画面中，很少有红苹果与绿树这样简单的冷暖对比，而是存在着大量暖色之间和冷色之间的微妙的冷暖倾向。

色度：指明度、纯度两方面。明度指色彩的明暗深浅程度，如浅红、深红。纯度指色彩的鲜明、饱和程度，如鲜蓝与灰蓝。

形成物体色彩变化的因素有两方面：一方面，每一种物体都有它的固有色，以区别其他物体的颜色；另一方面，任何物体都存在于某一具体环境之中，它既受到当时光源的影响，也受周围环境色的影响，所以任何物体的色彩又都是以条件色的面貌呈现在我们面前的。

四、固有色、光源色、环境色

每个物体，只有在有光的情况下，才会产生色彩变化。在光的作用下，一般物体就会呈现出固有色、光源色、环境色。固有色：在柔和的光线下物体所呈现的色彩称为固有色。固有色的色彩变化一般是明部色彩偏暖，暗部色彩偏冷，投影微弱，色彩冷灰。光源色：由于光的照射，物体受光部位产生的色彩变化。光源不同，产生的色彩不同，如暖光、冷光等。受光部的色彩一般为光源色与固有色的调和色。环境色：物体周围环境的色彩由于光的作用反射到物体上产生的色彩变化。主要表现在暗部，质感不同，光线不同，反光的变化就不同。如瓷器反光就明显，陶器就不是特别明显。

五、构图知识

什么是构图呢？所谓构图就是面对一组静物，如何将其安排到画面的空间结构之中，使之自然、优美地组合在一起，形成一个整体，也就是中国古代画论中所说的"经营位置"。通俗地讲，就是在画纸上面考虑物体画多大、空间留多少，"上下、左右、高矮、疏密"这些构图因素怎么安排。独具匠心或优雅舒适的构图，会使你的作品增添无穷的魅力。如何使构图新颖别致？这就要求同学们在作画时注意画面的均衡布置，不要太呆板；使画面有一定的节奏感，不是杂乱无章。也就是在物体的形状、大小、高低、数量、空间距离、色彩变化上，要统一而富于变化。正如中国画中所强调的"疏可走马，密不通风"就是这个道理。

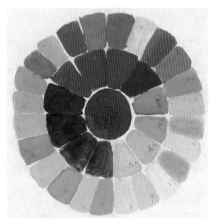

静物画的常规构图主要有三角形、十字形、S形等，不妨取之灵活运用。

静物色彩构图应注意以下几点：

1.为了画面的美感，自己可以随意挪动静物在画面中的位置

2.前景要比背景留有更大的空间

3.前后两个物体不要垂直，左右两个物体不要平行

4.三个同类物体不要成一条直线

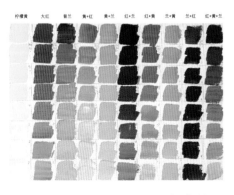

调色练习

5.重要的是要抓住静物的特征，也就是说强调它的转折（宁方勿圆），比如说完全可以把苹果画得有棱有角

6.主体物不要放在正中间，物体之间要有联系，不能让人感觉是两幅画

7.注意底线，不要出现矛盾空间（离你近的物体的底线总是在远的物体底线下面）

8.不要出现太生硬的分割画面的线

不同构图

六、基本技法

干湿技法：

水粉画是水性颜料，每次调色必须加不同量的水分；水分多一点以湿画为主；水分少一点以干画为主。

干画法：

水粉画中常用的一种技法。调色时笔中的水分少，颜料成分多，覆盖力强，色彩饱满，可多次塑造，干后色彩基本不变，较容易把握色彩的准确性。多用于陶罐、水果等物体的塑造。要注意掌握颜料和水在笔上的分量的比例，水分和颜料的比例不同，会有不同的效果，应在训练中多去体会。

湿画法：

一种与水彩画相似的画法，调色时笔中的颜料少，水分多，表现时较透明，衔接也很自然，适于表现背景及玻璃、西瓜等透明物体。注意湿画要尽快画，最好一气呵成，有时须趁前面还未干时接后一笔，有时须等前面干后再画，不要反复去涂。

七、笔触

画画首先接触到的是用笔，笔的运动，笔的走向、轻重、缓急都会表达绘画者的情绪。初学者应首先从最基本的技法入手。下面的作品可以看到几种常用的笔触。

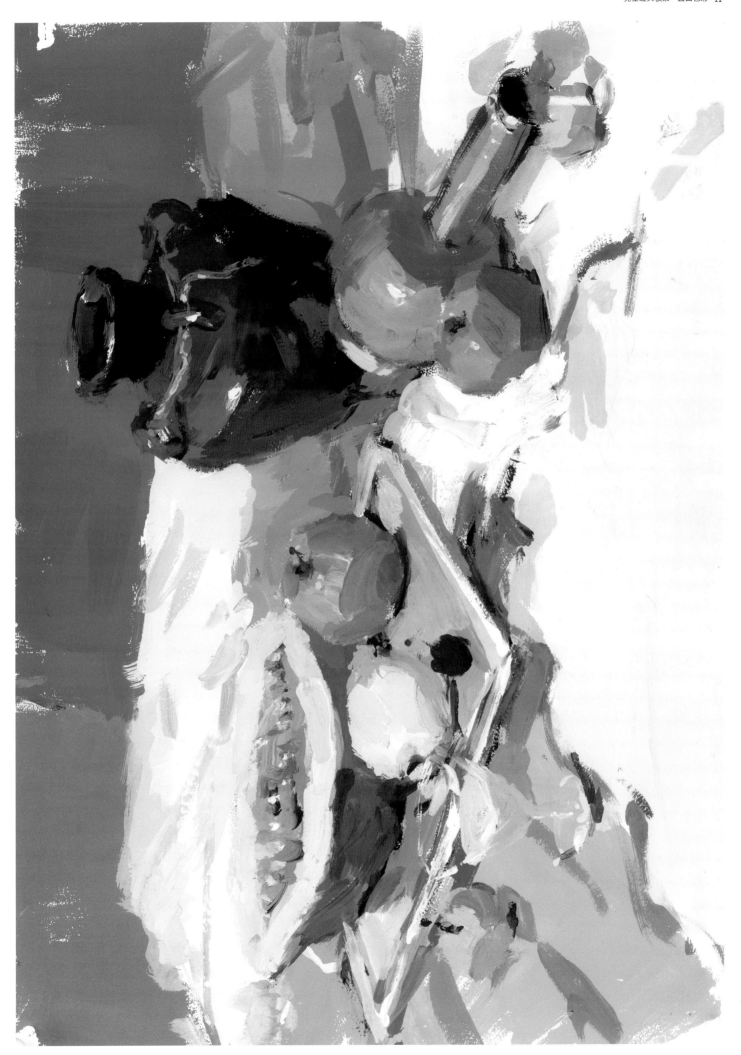

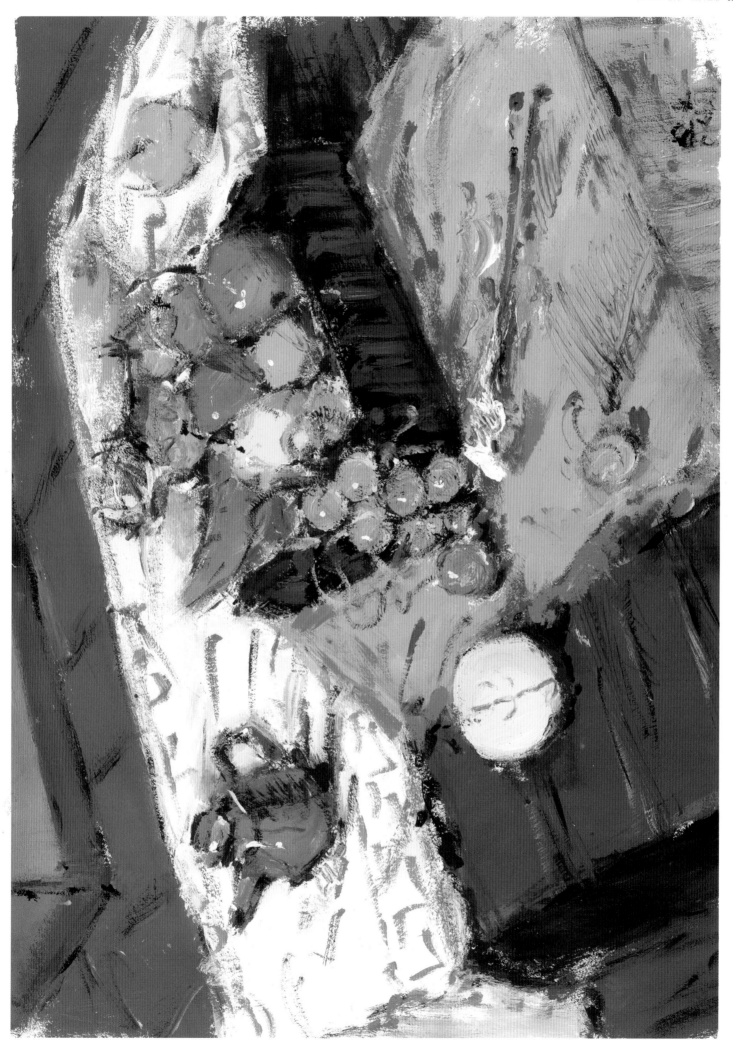

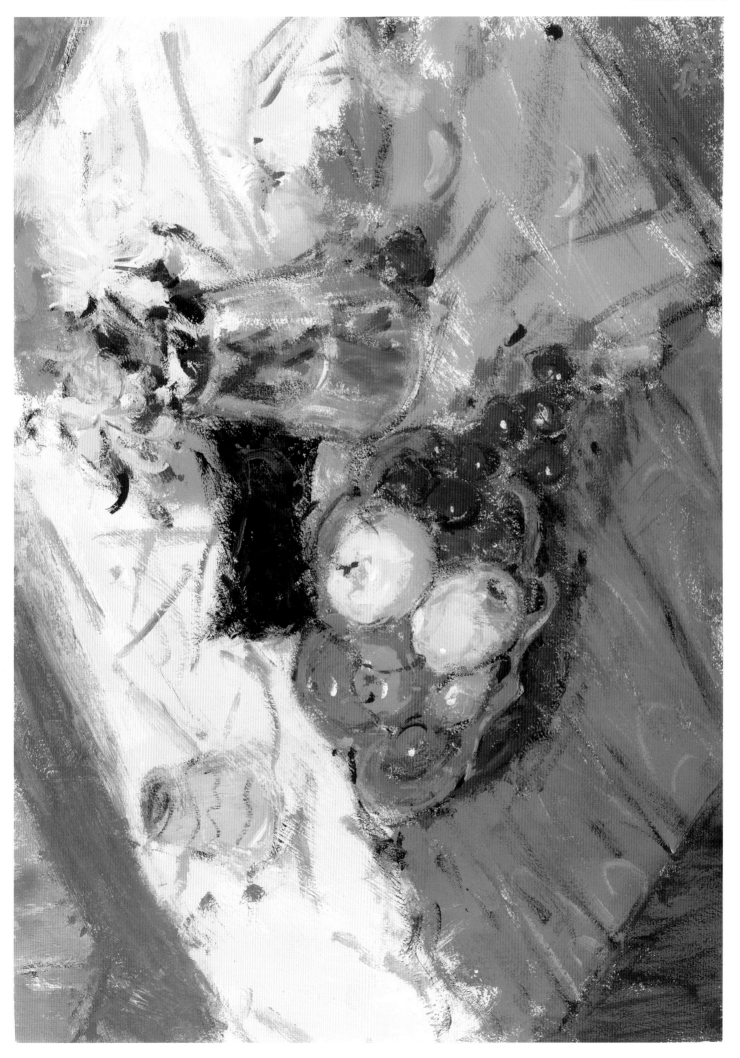

P.P.

第二章　学会写生与默写

一、写生要素

色彩静物写生的学习途径是根据由浅入深、循序渐进的原则，从较简单的两三个物体的组合入手，以掌握基本形与色的协调能力为阶段目标，再逐步增加画面内容的难度，通过写生结合临摹、默写等方法，对静物在特定光线下的整体色调、色彩的冷暖变化及物体的质感等课题进行研究。

色彩静物写生是一个从认识对象到表现对象的过程。正确的表现必须有正确的观察方法。面对一组摆好的静物，不管是简单的组合还是复杂的组合，我们会有对此物象的第一印象，这种印象就是我们所说的"色彩感觉"。自然界一切景物在光的作用下都是紧密联系的，不可孤立地去看某一物体的色彩，否则就会把握不住整体的色彩倾向，因此，同学们首先要迅速把握住这种大感觉，从整体的角度出发去观察和认识我们将要表现的对象。我们要"表现"对象而不是"再现"对象，"表现"是主动的，"再现"而是被动的。"表现"有取舍、删略、加强、减弱、位移等多种手段，需要用绘画形式美的法则来对物象加以适当的主观处理。

色彩静物写生的表现技巧多种多样，用大笔触按结构进行塑造的概括手法较为常用，其作画步骤如下：

1.构图、铺大体色。确定好构图后，从大处着眼，整体着手，全面铺开，迅速呈现出基本的色彩关系。

2.铺出大体明暗关系。首先要正确判断出光源的位置及强弱，从而区分出物体的基本明暗变化，从背景往前铺色，注意大的色彩冷暖推移关系。

3.深入刻画。有了良好的大体色彩关系和基本的形体变化，便可进行深入刻画。一般而言，可以局部的深入带动其他部分的深入从而完成整个画面的创作。但在局部刻画时，必须有全局观念，即局部服从整体的要求，拉开主次关系。

4.调整处理。在最后的整理阶段，要求我们再一次从整体出发，宏观地调整处理整个画面。

总体来讲，一张好的色彩静物写生作品应该布局（构图）合理，空间层次清晰，形体表现充分，主次明确，色调统一。

二、默写要素

近几年来，各大艺术院校的高考色彩试题多以色彩静物默写形式出现，从试卷的情况看有以下一些问题应提请应考者注意。

1.画面画得概念化。体现在构图概念化、造型概念化、色彩概念化等方面。出现画面概念化的原因是写生时不注意观察和比较，如在同类物象中要努力寻找出个体的造型个性和色彩个性。

2.画面平板不生动。其主要原因是画面不分主次前后，企图把画面中的每一个部分都刻画得深入到位，结果反而使画面平板。为克服此类弊病，在构图安排时就应考虑到画面的组织、主次与取舍。当然取舍不单单是对形而言，对色也是一样的（如对色彩的加强与减弱、整合和突显）。

3.空间关系较弱。水粉静物默写时，有同学把大量的精力放到了对物象的形的刻画上，忽视了形与形之间的空间位置、前后和透视关系，结果画面往往显示得体积感不够，空间关系不强、不自然，画面的表现力就会大受影响。

默写时没有实物参照，除了根据平时写生储存的信息外，更应该总结一套画面的主观处理的方法，如怎样处理画面的冷暖、空间虚实等等。

静物写生步骤(3小时的时间安排)

步骤一：审题。

表现内容的主题，道具的性质、数量、主次色调等。(约10分钟)

步骤二：构图。

用铅笔或单色水粉笔勾出道具组合的大小比例及疏密关系。(约20分钟)

步骤三：铺大色调。

抓住道具的冷暖关系，从衬布着手拉开大的空间关系并确立主色调。(约30分钟)

步骤四：深入刻画。

以色造型，刻画物体的细节部分，如瓶口、苹果的蒂把、盘子的边缘等。区分物体的不同质感并拉开层次，使画面对比响亮。(约90分钟)

步骤五：调整收尾。

检查画面整体色彩关系，做到既整体又有变化，主次、虚实分明，富有节奏感，无"火""灰""花""脏"等弊病。

三、色彩静物写生基本常识

静物写生是研究色彩的基本课题。物体经过光的作用产生"色"，通过色与色的对比作用产生"彩"。写生通过基本的技法训练把"形""色""光"等肌理构成糅合出协调的色彩关系（包括整体色调、冷暖变化、质感、量感、形色空间等），以最直接、最有效的手段来提高我们色彩修养与表现能力。

实践总是以理论指导为前提的。要画好色彩，首先要认识色彩的各种属性，将其概括地理解成三大要素（色相、明度、纯度）和六大对比（色相对比、明度对比、冷暖对比、补色对比、同类色对比、面积对比）。

色相及色彩的表相（相貌），是色彩的最大特征。十个基础色相：红（R）、黄（Y）、绿（G）、蓝（B）、紫（P）、黄红（YR）、黄绿（YG）、蓝紫（BP）、红紫（RP），都不含黑、白、灰的纯色。

明度：指色彩的明暗或深浅程度。色彩浅称高明度，色彩深称低明度，不深不浅称中明度。

纯度：指色彩鲜艳、纯净的程度，也称灰度、饱合度、艳度。

色相对比是物体之间色与色的对比。

明度对比是指色彩的素描关系，是黑、白、灰之间的比较。

冷暖对比是指色彩的视觉感观效果，如蓝色系有冷的感觉，红色系有暖的感觉。

色彩的冷暖是相对的。

补色对比指人的感觉器官看到任何一种颜色时，同时产生对其补充和衬托需要的另一种补充色，如红与绿、黄与紫、蓝与橙等。

同类色对比是指色彩邻近色和类似色的运用，反映出色彩的协调性。

面积对比是同一画面中某种色相与另一种色相面积大小的比较，是通过分量感来体现视觉中心的重要手法。

进行单个静物的色彩训练，能化繁为简，快速地去感知色彩、表现色彩、分析色彩、理解色彩。强化训练更应明确作画的步骤，把握好构图、铺大体色、塑造、调整这四个环节。通过大量的实践进行认真总结，不断理清思路，才能做到摆色稳、准、肯定，才能优化画面的整体效果。

四、水粉画默写应注意的几个要点

1.构图的重要性：有许多初学者在作画时常常忽略对构图的推敲，作为造型艺术（也称二维平面艺术），绘画第一个最重要的要素就是构图，构图的目的是：把应该表现的基本形体，通过形状的构成、点线面以及黑白层次的安排建出一定的效果。我们审美的第一印象往往最为关注构图的形式，所以，构图的重要性可见一斑。作为最基础的构图，我们只要做到主体突出，其他物体疏密有致，画面饱满，视觉均衡即可。

2.熟悉色彩基础知识：了解色彩的明度、色相、纯度、冷暖对于色彩表现的重要性。当我们调一笔颜色时，既要把色彩的颜色倾向调准，还要注意这笔颜色是亮一点还是暗一点，是很鲜艳还是较灰，是偏冷的红，还是偏暖的红。只有四个要素一起分析，我们才能把需要的色彩调准确。

3.注意互补色在色彩表现以及色彩构成中的作用：由于光的作用，互补色无处不在，没有补色的运用，画面就没有光泽感和空气感。一般情况下，互补色的存在有两个含义，一是明暗关系的互补，即亮部冷，暗部则暖。二是当一个物体偏黄时，它的周围则倾向紫色。总之，互补色是对应存在的。

4.掌握塑造的方法：默写时，我们眼前没有真实的景物光色可依赖，这时，素描关系就显得非常重要。"三大面五调子"是我们默写塑造的基本依据，任何一个物体，只要你把它归纳为五个层次：高光、亮部、过渡面、明暗交界和反光，这个物体就具备最基本的形体关系。

5.具备必须的作画技巧：没有技法的糊涂乱画是没有任何意义的，只要掌握了起码的表现技法，我们才能更好地表现所感、所想、所需。具体的技法主要指水分的运用，笔触的变化等等，学会概括用笔对于初学者应付考试是最便利的捷径。

水粉画容易出的毛病

水粉画的写生或是默写，在技法不够成熟的情况下，初学者往往会画出这样或那样的问题和画面毛病，概括起来，可以归纳为以下几点：

花 即画面杂乱无章，明暗关系混乱，色彩关系没有规律，不该突出得太炫耀。之所以出现花的毛病，主要是不能从整体角度考虑的结果，建议多研究色彩的四要素：明度、色相、纯度、冷暖。

灰 是整幅画面变化不丰富，层次较为接近，画面缺少较为醒目的颜色，主要是对色彩的纯度和明度分析不够，导致所有颜色低灰平淡。建议先把最鲜艳的几块颜色铺上，再把最亮或最暗的几处色彩找出来。

　　火　也可以称为艳，就是画面大部分颜色太鲜艳，缺少色彩的对比与呼应，主要原因是过分强调固有色所致。建议在观察时多分析光色的原理，多了解物体的冷暖关系。一般情况下，室内写生亮部偏青紫，用白色加群青、钻蓝、青莲等再加固有色即可；暗部偏棕绿褐，主要是用固有色加橄榄绿、赭石、褐色、土黄等即可。

　　粉　水粉画是以白粉和水作为调和的画种，白粉在水粉画中的地位是必不可少的。出现粉的毛病，主要是用白粉太多造成的，当然，画面粉气还有冷暖关系混乱的原因，解决的方法：暗部少用白粉，甚至不用；把握好冷暖关系；加强明暗的层次感。

　　脏　色彩的脏不仅是一种坏习惯，同时还是色彩感觉迟钝的结果。之所以画面脏，主要是对色彩不够敏感，对色彩的分解不精到，导致调色漫无目的，似是而非。当然，还有一个原因，那就是对色彩的冷暖把握不准确。建议一是要观察准、多分析，二是调色种类不可太多，三是对冷暖要搞清楚。

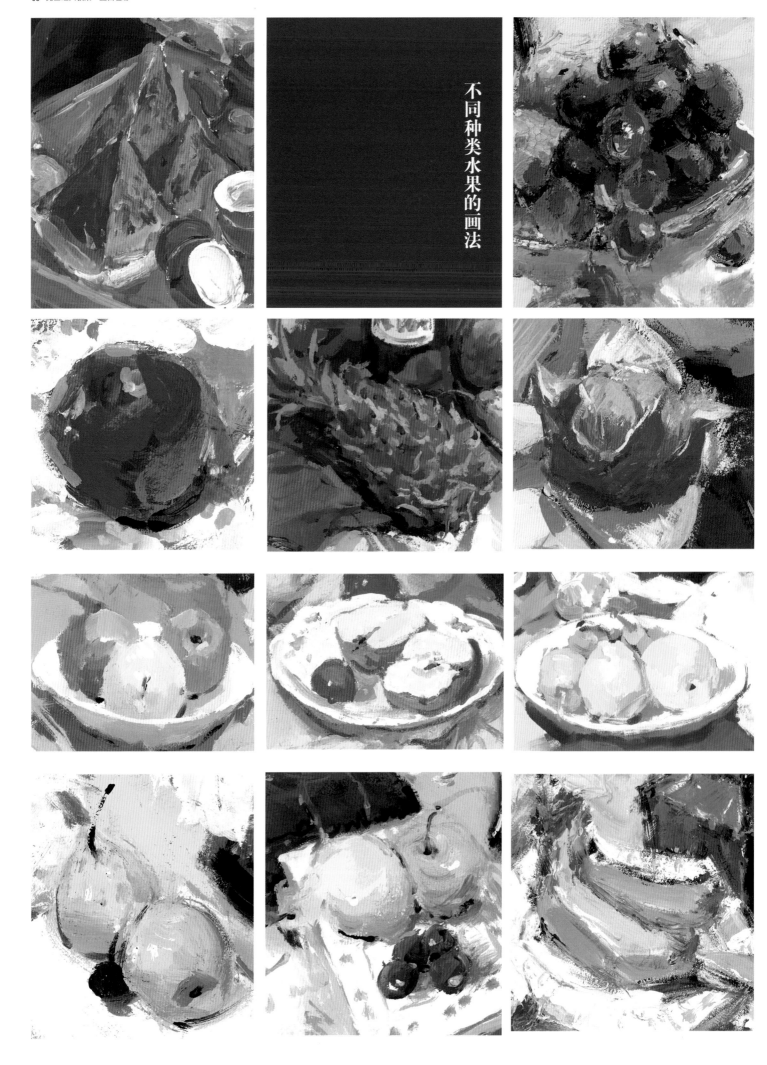

不同种类水果的画法

不同种类器皿的画法

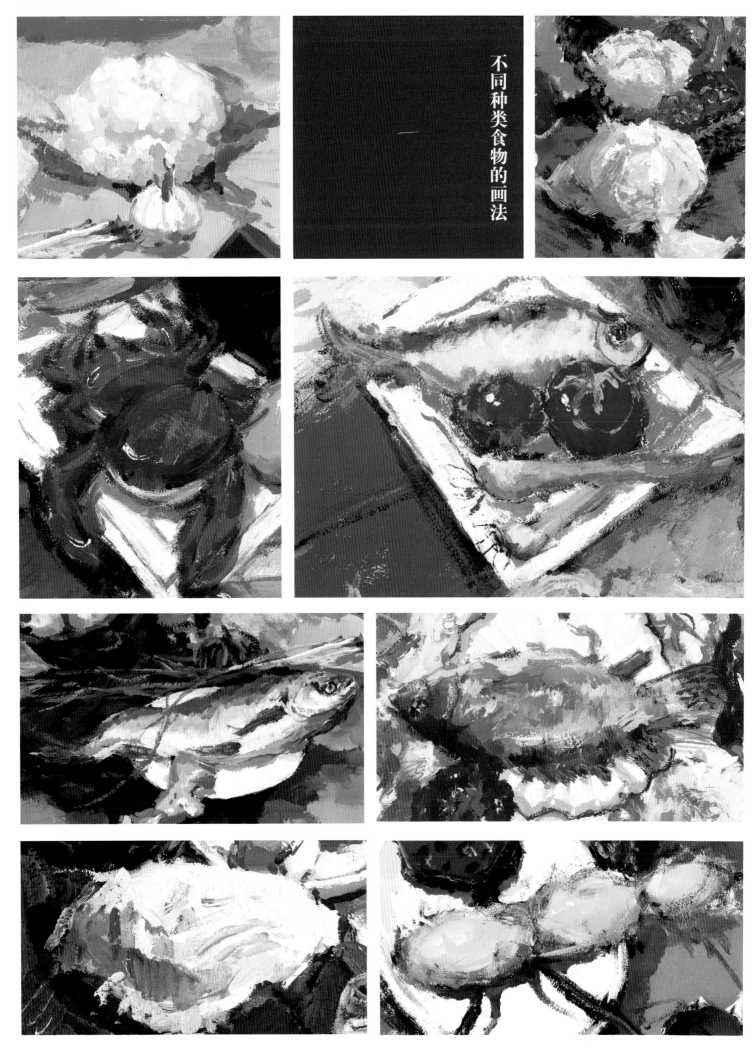

不同种类食物的画法

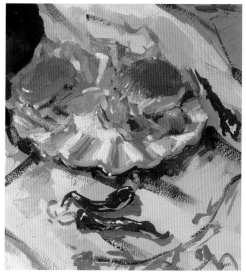

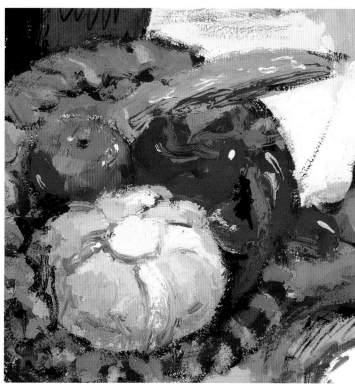

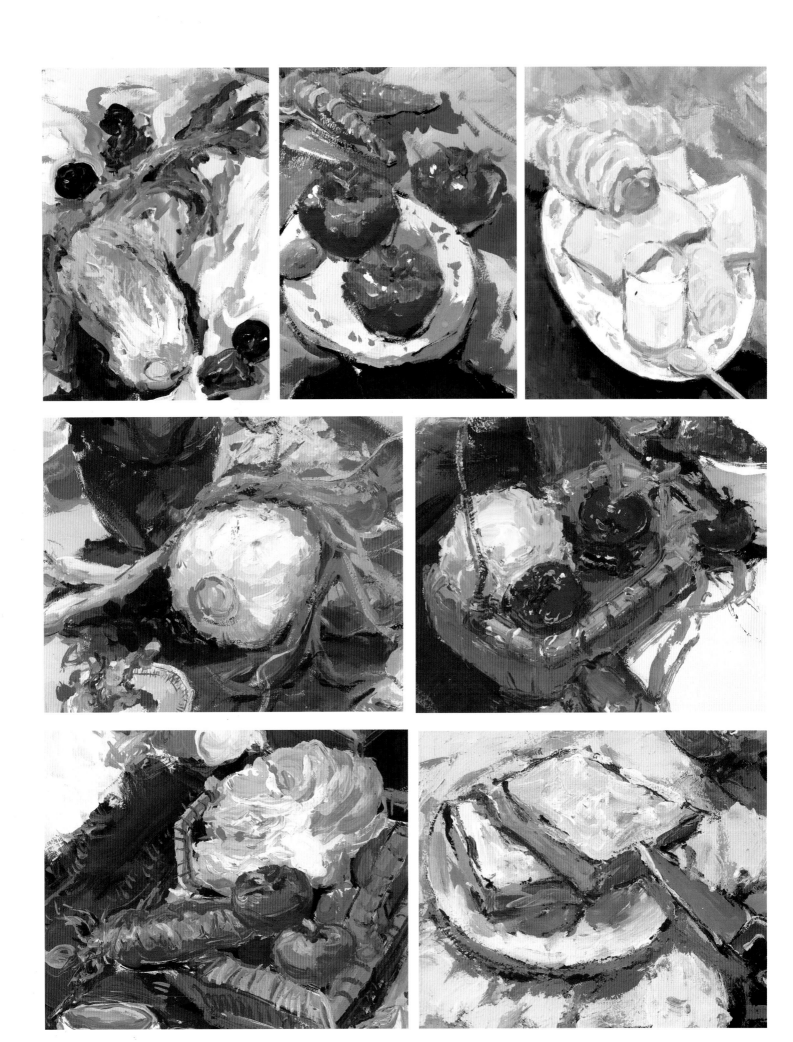

长期示范作品知识讲解（一）

　　这是一张优秀的示范作品，色调和谐，色彩对比关系把握得很好，显示出作者有较强的造型能力和色彩表现能力，作者把亮部和暗部的冷暖关系画得明确，颜色画得透气，用笔生动有序。

　　①瓷器色彩处理得比较好，色彩与画面的整体色调协调且有对比。环境色和固有色表现得恰如其分，且用笔轻松自如。形体转折明确、质感真实可信。

　　②苹果是整个画面色彩调和的重点，因为整个画面基本以素色为主，所以红苹果就显得格外醒目，苹果的塑造非常准确到位。

　　③黑色陶罐色彩稳重、生动，黑色层次变化丰富，表现力较强。

　　④香蕉刻画得生动有趣，寥寥数笔就把香蕉的结构、动态表现了出来，说明作者平时就进行了较为刻苦的训练，并且熟练地应用在写生、默写上面。

　　⑤布纹的刻画相当精彩。布纹的色彩和整个画面很协调、到位。

长期示范作品知识讲解（二）

这是一张典型的暖色调作品，作品构图别致，变化丰富且极富美感，画面色彩和谐统一，物体间的冷暖关系和空间层次处理明确。体现出作者对色彩的感受和表达能力较强，是一张优秀的示范作品。

①这幅画面的主体，是蔬菜的组合。由于蔬果是画面的中心点，也是刻画的重点所在，作者充分表现出了蔬果的新鲜感觉。做到色彩润泽，很有空气感。

②白碗是整个画面色彩最为关键的部分，也是比较难处理的部分，因为它不仅对整个构图的平衡起到重要的作用，对整个色彩的调和也是不可缺少的，作者对白碗的处理表现出较强的造型能力，用笔熟练，色彩也很舒服、和谐。

③背景的处理根据作者对整个画面的把握而定，由于画面色彩浓烈，所以背景不要太重，而以虚弱为主，使主次关系明确。

P.P.

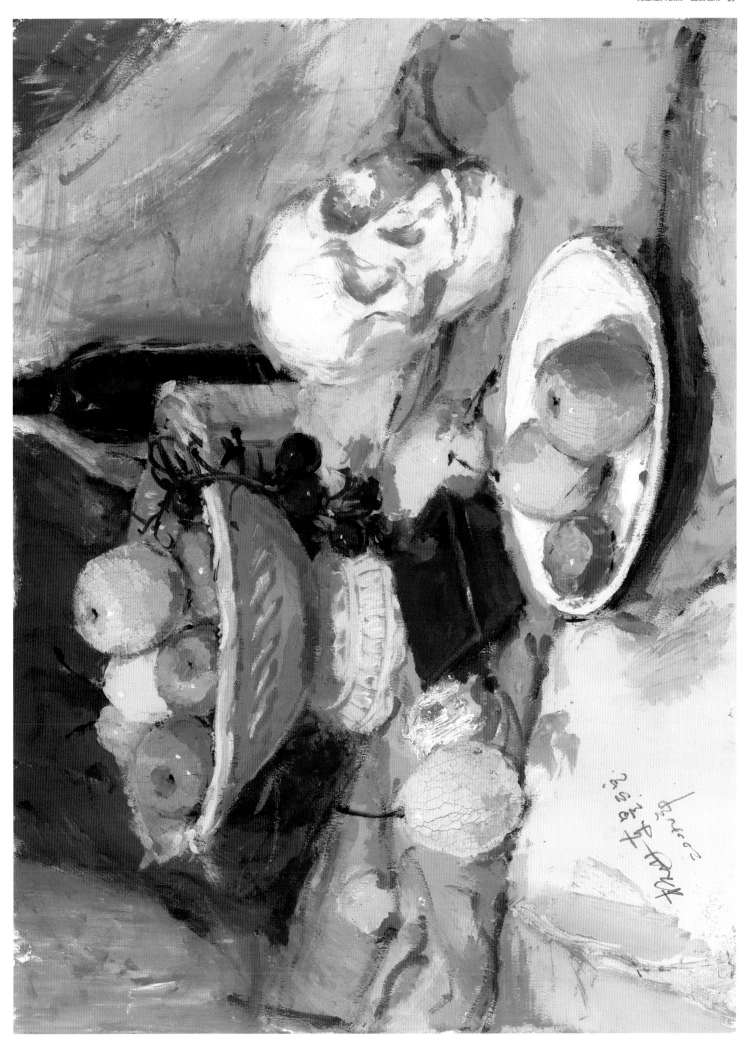

第三章　学会考试

一、水粉静物考试的要求及试卷分析

水粉静物考试的要求

高等美术院校入学考试的色彩课题基本上以水粉静物为主，这是由静物画的特点及水粉颜料的性能的特点所决定的。

水粉静物考试的表现题材很丰富，瓜果蔬菜、日用摆设、玻璃器皿、石膏模型、花瓶陶罐、劳动工具等等都会成为入画的对象。平时的练习题材可尽量丰富一些，不同量感、质感、形态以及不同色调、构图、角度的静物组合都要加以训练，以增强对色彩的理解，提高自己的技巧。而在考场中，由于条件、时间的限制，会与平时作画有所不同，这就更需要从多角度、全方位地提高作画时的应变能力。还要善于吸取别人的经验，理性地总结出一些作画心得，加强对色彩造型的理解。同时也要多读好画，提高审美品位。这些都是考前训练中必不可少的功课。首先我们来了解水粉静物色彩考试的要求。

考察考生对色彩规律的认识、理解和把握能力。

考察考生整体的观察能力、对色彩的感受能力、对色调的控制能力及画面的构图能力。

考察考生的色彩造型能力，对空间、形体、质感的塑造与表现力。

考试要求合理地利用色彩规律的知识来表现对象画面构图完整、色调谐调；色彩关系（包括黑白、冷暖、浓淡、色相）明确；形质塑造准确；空间层次分明、丰富；具备一定的表现力。

高分试卷应具备的优点：构图、色调、形体刻画等各方面均有较好的表现，冷暖关系恰当，色彩生动、润泽，要把水粉画技法的优点——水的性能发挥出来，运用干、湿结合的手法，丰富了画面的表现力。

二、考试时绘画步骤

第一步：构图与铅笔稿。在动笔之前，要对眼前这组静物作全面、整体的观察与认识。明确整体色彩倾向、黑白灰层次等画面上的基本关系，简化细部，突出整体，考虑如何构图、如何配置黑白灰结构以及如何处理画面上的黑白灰关系。对比观察背景空间与主体物之间的虚实层次，做到胸有成竹。（30分钟）

起铅笔稿时，要仔细观察物体的基本形状、特征、比例关系、空间位置、透视关系和结构特点，要注意疏密聚散。下笔不要过重，用直线勾出即可。线条的轻重、粗细变化要符合对象的感觉。构图时要安排好主体物上下左右边缘的空档，以及物体之间的空间联系，忌平均。可用铅笔简单画出明暗交界线的位置和投影的位置，并大致画出衬布的平面和立面的关系线及衬布的皱褶特征，不必画得过细，但要力求准确。

第二步：铺淡彩。淡彩是素描向色彩过渡的过程，它可以解决画面上的黑白灰基本布局、大的空间关系及一些物体的基本色相。用一两种颜色在铅笔稿的基础上再将轮廓肯定一下，并初步表现物体的体积与画面的空间关系，为大面积铺色提供视觉基础。（30分钟）

铺淡彩可以将画面上的素描关系从色彩中独立出来加以分析，避免画色彩时由于头绪过多而弄得手忙脚乱。画淡彩时应尽量避免使用纯度过高的颜色，一般多选择群青（冷）、赭石（暖）和熟褐（暖）。铺淡彩阶段，颜色要用水稀释，不要使用白粉。画物体的暗部时要抓住明暗交界线，并与投影连在一起画。铺淡彩时要注意概括。

铺淡彩的目的是解决黑白灰层次与静物的空间关系，使作画者逐步进入作画状态，激发色彩感觉。

第三步：初步铺色。在进行初步铺色时一定要明确以下几组色彩关系，即背景与前景的黑白灰关系、色相关系、冷暖关系、背景与主体物的关系、明暗以及投影之间的关系、空间层次、同类色的关系等。在铺色步骤上尽量采用从后往前、从主体到次要物体、从暗到亮的作画程序，这样的程序比较适合发挥水粉材料的特点，并能有效地在步骤的不断发展中体会和对比空间层次。（30分钟）

作画时眼光要放开，画某一具体物体时，要对比着其他物体画，下笔要胆大心细，做到稳、准、狠。颜色要饱和一些，不能过灰、过弱。首先画颜色最深的关系和色相，注意物体转折部分的色彩变化，同时还要关照它与背景等环境之间的对比与联系。瓷器的高光强，反光亮，反光的亮度一定要把握好，不然会将物体塑造得过

"花"。要强调和抓紧明暗交界线。这一步画到七八成即可，不必过细，以便为全面铺色留有余地。

第四步：全面铺色。为了保持活跃、跳动的色彩感觉，画出生动的画面，铺色时不要过分拘泥细节，形稍稍走样不必特别在意。铺色时最忌谨小慎微和琐碎的描摹。因为铺色时注意的是大的空间、大的黑白关系，即使画得走了一些形，在调整时稍加修正即可。但如果空间关系和黑白关系层次表现不佳，既便具体的形很好，最终还要做大面积的改动，那时就麻烦多了。（30分钟）

全面铺色是完成静物写生的重要一步，对于画面上的色彩关系、空间、形体塑造以及色调起着至关重要的作用，也为下一步的深入刻画提供了顺利的开始，奠定了良好的作画心态。铺色时可用一些大号的画笔，用饱和的颜色酣畅地画出准确生动的色彩。在这一阶段，可有意识的将黑白层次与冷暖关系加强，这样在深入刻画的时候，中间层次的色阶相对容易填加。

在进行全面铺色时要精力集中，始终保持整体、跳跃的感受，不要因为水粉颜色可以层层覆盖，便草草从事，从而给下面的深入刻画带来过多的麻烦。感觉敏锐而又富有经验的画家能将色彩一遍画准，画面效果自然生动、气韵连贯。

第五步：深入刻画，统一调整。色彩铺满后，要对画面作全面的分析检查。可将画放到远处，看看大概的关系，与实物做比较，考虑下一步如何进行，什么地方要继续画？什么地方要深入？什么地方必须调整和修改？得出结论后，在此基础上再进一步充实、丰富和完善。（60分钟）

铺色时，要以感觉为先，理性辅之，重整体并照应局部；而深入刻画时，要以理性分配为主，感性调控为辅，关注局部，把握整体；调整时要以感性的整体意识为主导检查、统筹整个画面，最终达到整体与局部的高度统一，色彩与形体的高度统一。

深入刻画的过程其实就是深入分析与观察的过程。要将各部分比较着画，在此基础上，对质感、结构、形体作深入表现。要留意物体边缘的虚实、冷暖及色相的变化，还要留意物体与周围环境以及投影的色彩关系，并仔细观察和刻画明暗交界处微妙的冷暖变化与高光的特征。

在深入刻画时，用笔由大而小，色层由薄而厚。根据物体质感、造型与空间虚实的不同而使用不同的表现手段。色层可厚可薄，可润可涩；笔角可方可圆，可摆可勾。可用调入水分的比例来减弱或加强用笔的表现，可流畅，可厚积，以反映出对各种物体的不同感受。深入刻画到一定程度后，要将画再放到远处观察，重新回到感性阶段，以画面色彩关系为主，以描绘对象作为观察的参照。少动笔，多观察，调整一般是从以下几方面展开的：

画面的空间关系是否得当，前后的色彩关系是否准确谐调。

空间中物体的前后主次是否得当，物体的形体与透视是否被准确发现。

调整过于琐碎和不完整的地方，加强突出主体。使画面在视觉上舒服、合理。

审观画面是否达到静物写生"空间中有序的物体组合"的要求，色彩关系是否做到"谐调的、美的颜色搭配"的原则。调整时应反复观察，认真思考，考虑成熟后再修改。不能心中无数，胡涂乱抹。下笔应慎重、果断、保持画面生动、流畅的特点。

图书在版编目（CIP）数据

直面色彩/朱昱东，杨超凡主编. ——长春:吉林美术出版
社，2010.5
　（完全经典教案）
　ISBN 978-7-5386-4246-9

　Ⅰ. ①直… Ⅱ. ①朱… ②杨… Ⅲ. ①水粉画－技法（美
术）－高等学校－入学考试－自学参考资料 Ⅳ. ①J215

　　中国版本图书馆CIP数据核字（2010）第090361号

完全经典教案

直面色彩

朱昱东　　杨超凡　　主编

出 版 人/ 石志刚

出　　　版/ 吉林美术出版社（长春市人民大街4646号）
　　　　　　www.jlmspress.com

责任编辑/ 尤　雷
发　　行/ 吉林美术出版社图书经理部
印　　刷/ 杭州艺华印刷有限公司
出版日期/ 2010年6月第1版　2010年6月第1次印刷
开　　本/ 1092×787mm　1/8
印　　张/ 20

书　　号/ ISBN 978-7-5386-4246-9
定　　价/ 80.00元